LE GANG DES CHEVREUILS RUSÉS

LE GRAND BAIN

Des romans illustrés pour se jeter
dans le grand bain de la lecture,
avec ou sans bouée !

Des histoires fortes, drôles, impertinentes,
ancrées dans le monde de l'enfance.

Une jaquette à déplier :
une affiche à collectionner !

LE GANG DES CHEVREUILS RUSÉS

Corinne Morel-Darleux • Marine Schneider

SEUIL JEUNESSE

« Lâchez une meute d'ingénieurs dans une vallée charmante, au milieu des prairies et des arbres, sur les rives de quelque beau fleuve, et vous verrez bientôt ce qu'ils en auront fait ! Ils auront mis tout leur soin à rendre leur œuvre personnelle aussi évidente que possible et à masquer la nature sous leurs amas, de pierrailles et de charbon. »

Élisée Reclus, 1901.

FOXY ET SES P'TITS CHATS

Le réveil indique à peine sept heures et c'est déjà une vraie fanfare dans le village ! Ça a commencé avec le coq de madame Noël et puis le vieil âne du pré au bout de la route s'est mis à braire comme un fou. Il fait un bruit de casserole rouillée. Résultat, il m'a réveillée alors qu'on est dimanche et que je n'ai pas école, c'est malin. Puis les chiens ont rivalisé de hurlements en entendant l'âne et maintenant les martinets passent au-dessus de la maison en piaillant de toutes leurs dents. Je sais, les oiseaux ça n'a pas de dents mais c'est l'impression que ça me fait. Et bim, le merle lance ses trilles, posé sur la branche la plus haute du tilleul pour faire le beau. Il a un côté prétentieux mais je l'aime bien ce merle, quand il chante il fait des bruits bizarres, un peu comme le petit robot dans *La Guerre des étoiles*. Ça me fait penser à la princesse Leia avec ses macarons tressés sur les oreilles qui lui donnent l'air trop foxy (c'est un mot que j'ai lu dans un livre, je le trouve terrible : *fox* ça veut dire renard en anglais et c'est mon animal préféré parce qu'il est roux comme moi et foxy ça sonne comme un mélange de rusée et sexy, classe quoi) et ça me décide à me lever.

Moi aussi, comme la princesse, j'ai les cheveux très longs, je les laisse pousser depuis toujours, ma mère n'a jamais réussi à me convaincre de les couper. Elle dit que c'est une corvée, qu'ils sont sans cesse emmêlés, que l'été j'aurais moins chaud sans mais moi je ne veux pas. À l'école, un jour, on nous a lu une histoire dont le héros était très puissant grâce à ses cheveux. Toute sa force était dedans. Alors je garde mes cheveux longs jusqu'aux fesses, même si c'est vrai que ce n'est pas très pratique pour les laver et que ça tire quand il faut les brosser.

J'essaye de me faire les macarons de la princesse Leia devant le petit miroir de ma chambre mais ça m'énerve, des mèches n'arrêtent pas de glisser et je commence à avoir très faim. Je me fais vite une queue de cheval d'un tour d'élastique et je descends à la cuisine. Là, c'est les deux p'tits chats (on les appelle encore comme ça même s'ils sont grands maintenant, ils ont presque un an) qui miaulent à m'en déchirer les tympans (j'aime bien cette expression, elle est horrible). Qu'est-ce qui leur prend ? Décidément, on dirait que tous les animaux ont décidé de faire du vacarme aujourd'hui !

Dans l'escalier, je mets soudain le pied sur quelque chose de doux et mou, un peu visqueux. Je glisse dessus, manque de dévaler toutes les marches et me rattrape in extremis. Je suis dégoûtée, encore une musaraigne ! Ses petites pattes sont recroquevillées et maintenant elle est un peu écrasée. Un p'tit chat me regarde avec un air piteux en bas de l'escalier. Je le gronde à voix basse pour ne pas réveiller les parents. On n'arrête pas de leur répéter qu'ils n'ont pas le droit de ramener leurs proies à l'intérieur mais c'est plus fort qu'eux je crois et en plus ils sont tout fiers de nous les apporter. Mon père dit souvent que les chats c'est « une plaie pour la biodiversité ». Bien sûr je n'aime pas quand ils font ça, parce qu'une musaraigne c'est vraiment un animal très mignon, tout duveteux avec un long museau. En plus ils jouent avec avant de les tuer et la plupart du temps ils ne les mangent même pas, mais je me dis que c'est comme ça, ça doit être dans leurs gènes de chats.

J'habite dans un tout petit village au pied d'une très grande montagne. De ma chambre, par la fenêtre, je vois les falaises avec des creux et des bosses qui dessinent des formes, comme une tête de bouledogue avec la truffe dans l'ombre quand le soleil tape dessus d'une certaine façon l'après-midi. J'aime bien les regarder et imaginer des choses, comme on fait avec les nuages dans le ciel. De la cuisine, de l'autre côté de la maison, on voit une colline avec un bois surmonté d'un rocher. Parfois des chevreuils en sortent pour aller brouter l'herbe dans le champ juste devant. Là c'est le printemps et il y en a souvent deux qui viennent ensemble. Je suis sûre que c'est une maman et son petit. J'ai un peu peur pour eux

parce qu'il y a plein de chasseurs dans notre village, parfois on entend même des coups de feu qui claquent très près de la maison et alors je sursaute, les p'tits chats détalent, mon père rouspète et ma mère soupire.

DES CÉRÉALES ET DES CAPUCINES

Je me suis servi un bol avec beaucoup beaucoup de céréales, il n'y a presque plus de place pour le lait. Même si je sais que c'est un peu abusé, j'en profite, mes parents ne sont pas encore levés. C'est fichu pour la grasse matinée alors je me dis que je vais profiter qu'on soit dimanche pour grimper jusqu'à la cabane. Cette cabane, c'est mon secret. Enfin pas vraiment un secret parce que tout le monde la connaît, mais je suis la seule à y aller. Les adultes s'en fichent, ils sont toujours trop occupés et les autres enfants du village, même ma copine Sandy qui a déjà onze ans, n'ont pas le droit d'y aller. En vrai moi non plus, mais mes parents ne savent pas que j'y vais. Je le fais en cachette. À chaque fois je leur dis que je vais voir madame Noël. C'est mal de mentir, je sais, mais c'est plus fort que moi, cette cabane juste pour moi, quand personne ne sait où je suis, c'est trop foxy !

Madame Noël, c'est une voisine qui a une petite auberge avec une dizaine de chambres un peu plus haut dans le village. Elle a aussi un potager où elle va en fin d'après-midi, quand le soleil est moins brûlant. Les adultes n'arrêtent pas de répéter que c'est fou comme il fait chaud cette année. On est seulement en avril et on dirait que c'est déjà l'été. Madame Noël, elle ne s'appelle pas vraiment comme ça mais quand on est arrivés dans le village

je lui ai donné ce nom-là parce qu'elle me faisait toujours des cadeaux. Elle a une tête ridée toute ronde et toute douce qui lui donne l'air d'une mamie à gâteaux et biscuits chauds. Maintenant je suis grande, j'ai dix ans, mais ce surnom lui est resté. À chaque fois, ça la soulève d'un petit rire. Elle met sa main devant sa bouche en rougissant. Je crois que ça lui fait très plaisir.

J'ai lavé mon bol et rangé les céréales. Les p'tits chats sont sortis, j'ai entendu les deux « clac » de la chatière. Il fait grand soleil dehors et j'ai hâte d'y aller. Je remonte vite dans ma chambre, j'attrape un vieux jogging et, après avoir hésité, je rajoute quand même un pull par-dessus mon débardeur parce que le matin il fait frais dans la forêt. Je tends l'oreille avant de descendre mais la maison est silencieuse. Mes parents ne sont toujours pas levés alors je décide de leur laisser un mot, je prends ma casquette, ma gourde et des biscuits et j'y vais.

J'ai à peine mis un pied dans le jardin que j'entends une cavalcade et des grondements. Effrayée, je retiens mon souffle. Je vois passer deux flèches grise et marron. Ouf, c'est juste les p'tits chats qui jouent à se courser et grimpent en se poursuivant comme des fous dans le figuier. Une crête de punk sur le dos, ils courent de travers comme des crabes, tout hérissés de poils, en faisant des bonds ridicules. Ils ont l'air d'avoir avalé un truc qui les rend dingos comme ça une ou deux fois par jour et le reste du temps ils ne font rien d'autre que dormir affalés dans un fauteuil, sauf peut-être la nuit, mais je dors alors je ne sais pas.

Au passage je jette un coup d'œil à mes capucines, comme tous les matins. C'est moi qui les ai plantées et j'en suis drôlement fière. Quand on a enlevé la bâche d'hiver il y a deux mois, papa m'a donné une rangée entière dans le potager. En plus des capucines, j'y ai mis de la rhubarbe parce que j'ai vu un documentaire génial sur un ours qui s'en nourrit dans le désert de Gobi qui est très loin en Asie. Depuis c'est mon deuxième animal préféré avec le renard. Je voulais mettre un bananier aussi mais papa m'a dit que ça ne pousserait jamais chez nous, parce qu'il fait trop froid l'hiver et trop sec l'été.

Les capucines, quand je les ai mises dans la terre, c'étaient de toutes petites graines. Même si papa dit qu'il faut être patient et que c'est comme de regarder l'eau dans la casserole, ça l'empêche de bouillir, je n'en peux plus d'attendre que les fleurs apparaissent. Elles sont comestibles, c'est-à-dire qu'on peut les manger et ça épate toujours les gens de me voir avaler des fleurs.

Je me demande si les chevreuils mangent aussi des fleurs sauvages dans la forêt. À mon anniversaire, madame Noël m'a offert un livre

CAPUCINE
MÉLISSE CITRONNÉE
RHUBARBE
FRAMBOISIER
AIL DES OURS

avec toutes les plantes qu'on peut manger ou utiliser pour se soigner, faire des tisanes ou des salades. J'ai exploré le jardin de fond en comble et j'en ai repéré plein. Bon, surtout des tas d'orties derrière les framboisiers, mais je n'ose pas les cueillir, même avec les gants de jardin, ça pique trop. En tout cas je reconnais déjà à coup sûr la mélisse citronnée et l'ail des ours.

ADIEU SOLITUDE

Après avoir quitté la maison, quand j'enjambe le canal au bout du jardin, j'entends :

– Foxy ! Pssst... Hey, Foxy !

Quelqu'un m'appelle en chuchotant trop fort. Foxy c'est le surnom que me donnent mes amis. C'est mon expression préférée, je l'utilise tout le temps. On dirait la voix de Nils. Je regarde autour de moi mais je ne vois personne.

– Ici, derrière la serre !

C'est bien Nils. Je soupire. Il a huit ans et n'arrête pas de faire des bêtises, parce que ses deux grandes sœurs ne veulent jamais jouer avec lui et que son père travaille tout le temps. Une fois il s'est carrément enfui de chez lui, on l'a retrouvé à trois kilomètres du village en train de faire du stop sur la route départementale avec un panneau en papier sur lequel il avait écrit au marqueur « Disney Paris ». C'est son rêve, d'aller voir Mickey. Moi je trouve ça nul alors je me moque en lui faisant remarquer que des souris on en a partout ici et que Paris c'est plein de gens bougons, de voitures et de pollution, mais lui il aime ça les tours, le métro et les centres commerciaux.

La ville, je connais, j'ai grandi à Paris et je n'ai aucune envie d'y retourner ! C'est vrai qu'ici on n'a pas de vendeurs de marrons chauds l'hiver ni de vendeurs de glaces en cornet et pourtant l'été ce serait vraiment foxy. Mais je peux faire du vélo toute seule dans le village, j'ai enfin des chats à la maison (avant, dans l'appartement, mes parents ne voulaient pas), l'école est beaucoup plus sympa et surtout j'ai ma cabane dans les bois, alors franchement pour moi ici c'est le paradis.

Nils me raconte qu'il m'a vue sortir de la maison – il habite juste à côté –, il s'est dépêché de s'habiller et veut absolument m'accompagner. Je l'ignore et je continue à marcher mais il me colle. En trottinant à côté de moi il me déballe tout sans reprendre son souffle, qu'aujourd'hui c'est les quinze ans de sa sœur Laura, qu'il va y avoir plein de monde et qu'il va être obligé de bien s'habiller, de se faire pincer les joues et qu'il ne pourra même pas surfer sur sa tablette ni regarder la télé. Et là il me lance d'un air grave :

– C'est vital, Foxy.

Il m'enquiquine avec ses histoires alors je ne lui réponds pas. J'étais trop contente d'avoir la journée rien qu'à moi et en plus je n'ai pas du tout envie de partager ma cabane mais Nils insiste en geignant et j'ai peur qu'à force on se fasse repérer et que mon plan tombe à l'eau. Finalement, en désespoir de cause, Nils finit par imiter le Chat Potté de *Shrek*, quand il fait ses grands yeux noirs avec ses pattes devant le museau, il sait que je ne peux pas résister et il a raison, je finis par accepter de l'emmener. Nils se tait instantanément et affiche un sourire satisfait. Quel casse-pieds.

On traverse d'abord la forêt de noyers qui se croient en automne, avec leurs feuilles rouge-orangé et leurs troncs rouillés alors que tout est vert autour, puis les vignes de Patrick notre voisin et enfin le champ où on voit les chevreuils. Pour ne pas se faire repérer, on se met à couvert sous les arbres comme les trappeurs et les aventuriers. Dans le bois il y a plein de chemins dans tous les sens, certains sont juste des sentes, des pistes que font les animaux à force de passer toujours aux mêmes endroits. En plus des chevreuils, il y a aussi des sangliers mais je n'en ai jamais vu. J'aime autant, parce que les sangliers c'est vraiment très gros et ça me fait un peu peur.

En grimpant, on entend une sorte d'aboiement dans le bois. Nils sursaute et s'arrête net.

– C'était quoi ça ?

Nils a peur des chiens. Parfois les chasseurs en perdent dans la montagne et on les entend qui aboient et pleurent toute la nuit.

– Ne sois pas idiot, c'est juste un chevreuil.

– Un chevreuil ?

Nils me regarde avec l'air de ne pas me croire, il se demande si je me moque de lui.

– Enfin Nils, ça fait combien de temps que tu habites ici ? Oui, un chevreuil. Eux aussi ils aboient, mais c'est toujours le même jappement, plus bref. Écoute bien.

Nils me regarde avec des yeux ronds.

Le chevreuil recommence à aboyer.

– Tu vois, c'est clairement pas un chien.

– D'ac, admet Nils, l'air vexé comme un pou.

On reprend notre marche à travers bois.

LE ROCHER DU DRAGON

La cabane est dans un endroit reculé de la forêt, près d'un gros rocher d'où on voit tout le village. C'est le « rocher du Dragon ». Madame Noël m'a raconté qu'il y a longtemps les villageois pensaient qu'un dragon mangeait les gens qui s'aventuraient là-haut parce qu'on y voit souvent des vautours tournoyer, mais en fait c'est juste parce qu'il y a des courants d'air chaud que les vautours prennent pour s'envoler plus haut. La cabane est là, en contrebas. Elle est en bois avec des planches très serrées pour les murs et de la tôle ondulée pour le toit. Il y a des prénoms gravés à l'extérieur et des initiales entourées par un cœur. À l'intérieur, c'est sombre, il n'y a qu'une minuscule fenêtre, ça permet de garder un peu de chaleur en hiver et de fraîcheur en été. Au fond, il y a un poêle avec une réserve de bûches empilées. Une petite plateforme surélevée pour mettre un tapis de sol si on veut rester dormir, une table et trois tabourets en bois. Et c'est tout.

Enfin c'était tout, parce qu'en cachette, depuis un an, j'apporte des choses, comme un vase ébréché que maman avait mis à la poubelle et que j'ai récupéré. J'y verse un peu d'eau de ma gourde et y place la brassée de boutons d'or que j'ai ramassée au passage dans le champ. Tout de suite ça donne une chouette impression d'être à la maison. J'ai aussi apporté une petite batterie solaire que j'ai eue à Noël, une bouilloire, deux tasses, un gros coussin et un plaid, quatre assiettes dépareillées, un vieux tapis rose usé, trois verres à pied et une dizaine de livres trouvés dans la grosse boîte en bois du village où chacun dépose ce dont il n'a plus besoin. Enfin j'ai fabriqué des rideaux avec une vieille robe à fleurs de maman, du coup maintenant c'est une cabane qui ressemble à une vraie chambre toute cosy et confortable. Nils reste sur le seuil, les yeux écarquillés. Ça lui en bouche un coin et j'avoue que je ne suis pas mécontente de mon effet.

Il fait frais, le soleil n'est pas encore arrivé jusqu'à la cabane. J'ai apporté de la mélisse citronnée, je mets un peu d'eau à bouillir et dis à Nils de s'occuper de son côté parce que moi je ne suis pas sa baby-sitter et que j'ai un livre à finir. Je veux savoir ce qui va arriver à Nuage de Jais.

– Pfff, on dirait mes sœurs.

Nils boude, me lance que si c'est ça il va faire du repérage et sort. J'ouvre mon livre et me pelotonne délicieusement contre le coussin.

– Foxy, viens ! Viens voir, j'ai trouvé un truc !

Grrr. Avec un soupir je referme mon livre. Je regrette amèrement de l'avoir emmené.

– T'es où ?

– Là, sur la route forestière, viens !

Je contourne le rocher et redescends

derrière. Là, je vois Nils qui se tient à côté d'un panneau planté dans le sol. Tous les arbres devant ont disparu, ça fait une grande trouée : on voit jusqu'à la vallée. Il y a des tas de branches emmêlées par terre et de grosses traces de roue comme si un tracteur géant était passé au beau milieu de la forêt.

– Mais qu'est-ce que c'est que ce carnage ? (J'aime bien ce mot, carnage, il est horrible.)

Nils pointe du doigt l'autre côté du panneau. Je m'approche et lève le nez. Mon cœur bat comme un fou.

Sur le panneau ça parle d'un chantier : il y a plein de chiffres et le dessin d'un immense hôtel avec des palmiers, une pelouse, des petits drapeaux plantés par terre et des

★★★★★
Ho
golf clu
33.575.000.000€

gens bien habillés qui ont l'air de beaucoup s'amuser.

– …

Je reste bouche bée et, à voir ma mine, Nils commence à paniquer. Il me pousse du coude.

– Foxy, qu'est-ce qu'on fait ?

– Attends, je réfléchis… Viens. Il faut prévenir les parents, eux ils sauront.

L'ALERTE

On redescend vers le village en coupant à travers bois. Quand on arrive aux vignes, j'ai les bras écorchés par les buis et les églantiers. On doit avoir l'air hirsutes et bondissant comme des p'tits chats. Nils sur mes talons, je franchis le mince canal d'un bond, traverse le jardin, ouvre la porte vitrée à la volée et débarque dans la cuisine tout essoufflée.

– Tu es déjà debout ma chérie ?

Ma mère vient juste de se lever, ça se voit, elle est encore tout échevelée dans son pyjama, l'air absent, en train de se servir un café.

– Tiens, bonjour Nils... Mais attends,

qu'est-ce que tu fais là, toi, ce n'est pas l'anniversaire de Laura aujourd'hui ?

Elle semble se réveiller d'un coup, reprend une gorgée de café et nous regarde d'un air soupçonneux.

– D'où vous venez comme ça tous les deux ? Vous m'avez l'air bien excités...

J'avais complètement oublié mon petit mot, j'étais censée être chez madame Noël et certainement pas là-haut ! Heureusement, ma mère ne l'a pas encore remarqué, alors je le prends discrètement et le froisse dans ma poche. J'hésite mais je suis trop impatiente de tout raconter alors tant pis pour les conséquences, je me lance :

– Maman, sur la route forestière, là-haut !

C'est un carnage. Après le rocher, tu sais, là où ça redescend quand on va chercher les pommes de pin avec papa, ils ont mis un panneau et...

– Ils ont tout arraché ! Et il y a un panneau de chantier ! m'interrompt Nils. C'est énorme, y a même des palmiers !

Sa voix monte dans les aigus.

– Attendez, calmez-vous tous les deux, vous allez me...

– Qu'est-ce qui se passe ici ? dit une grosse voix mal rasée.

Papa vient d'arriver et nous dévisage le sourcil froncé. Il est tôt et c'est déjà la zizanie. On l'a réveillé, la porte est encore grande ouverte, maman en a oublié son café et

Nils et moi on a l'air de fous avec nos bras tout griffés.

Quand on a fini de leur raconter tout ce qu'on a vu, les arbres disparus, le panneau avec l'hôtel adossé à la colline et l'ascenseur extérieur en forme de bulle vitrée et l'inscription « golf club », papa et maman ont l'air très très mécontents. Ils se regardent tous les deux avec cet air qui dit qu'ils vont s'en mêler, comme quand j'ai eu des soucis avec un garçon qui m'embêtait à l'école. Ensuite ils mettent leur faux sourire, celui qu'ils prennent pour me rassurer et nous disent de ne pas nous inquiéter – comme si on allait les croire ! – et d'aller jouer dehors, en oubliant au passage notre escapade (on l'a échappé belle). Nils et moi on sort dans le jardin mais on regarde par la fenêtre. On les voit discuter un peu à voix basse et pendant que maman se refait un café, papa se met à passer des coups de fil.

L'après-midi même, on retourne tous ensemble voir le panneau avec mes parents et des voisins. Nils, cette fois, a été obligé de rester à l'anniversaire de Laura. Les adultes s'exclament que c'est inconcevable, un scandale, et puis que ça ne va pas se passer comme ça. Ils s'emballent, font de grands gestes et commencent à discuter d'histoires de recours juridiques, de conseil municipal et de je ne sais quoi à la préfecture. Au bout

d'un moment je commence à m'ennuyer mais je ne peux pas aller à la cabane, vu que c'est un secret, alors je m'assieds sur une touffe de mousse et je m'oblige à patienter, en tournant le dos au carnage sinon ça me rend trop triste.

UNE TRÈS MAUVAISE NOUVELLE

Tout le reste de la journée, à la maison, mes parents n'arrêtent pas de discuter de tout ça en m'ignorant royalement, on dirait que je ne suis pas là ! Dès que je leur demande un truc ou que j'essaye de poser une question, ils font un petit geste de la main pour m'écarter comme si j'étais une mouche. Ça m'énerve. C'est quand même moi qui ai découvert le pot aux roses ! Je n'arrête pas de repenser au dessin sur le panneau, alors je profite du dîner pour lancer la question qui me chiffonne :

– Dites cet hôtel, ils vont le construire où exactement ? Parce que sur le dessin, au-dessus du dernier étage, on dirait la forme du rocher du Dragon...

– Oui, chaton, répond papa. Là, ce qu'on a vu sur la route de la vallée c'est juste une voie d'accès. L'hôtel sera bien de ce côté, avec le golf dans le champ.

Je sens mes jambes devenir toutes molles. Le rocher, le champ... Mon cerveau tourne à plein régime. Mais alors, qu'est-ce qu'ils vont faire de ma cabane ? Et qu'est-ce qui va arriver à la maman chevreuil et à son petit ?

– C'est pas possible papa, tu veux dire qu'ils vont construire ce grand hôtel qu'on voit sur le panneau... là ?

Je lance mon bras dans la direction du jardin devant la cuisine, balayant toute l'étendue allant des vignes au bois.

– Et comment... Mais alors si l'hôtel est adossé à la colline, ça veut dire que le parking il est, il est...

Je révise un instant ma géométrie dans l'espace.

– ... dans les vignes de Patrick ! Ils ne peuvent pas faire ça !

– Malheureusement si, dit papa avec un air triste et en colère à la fois. C'est une grande chaîne tu sais, ils ont des hôtels de luxe partout dans le monde et beaucoup d'argent alors ils rachètent des terres, des vignes, des forêts et comme les gens ont besoin d'argent...

Il laisse sa phrase en suspens.

– Comment la mairie a-t-elle pu accepter

ça ? soupire maman. Tu crois qu'ils ont promis des emplois, des choses comme ça ? Et Patrick, s'il refuse, ils vont faire quoi, l'exproprier de ses vignes ? Et l'auberge de madame Noël, elle va devenir quoi ?

– Je n'en sais rien, répond papa, l'air sombre.

Moi j'ai perdu le fil, je n'écoute plus. Des images défilent devant mes yeux et j'ai envie de fondre en larmes : des vignes arrachées et des arbres abattus, des chevreuils qui ne savent plus où aller, et ma petite cabane qui part en fumée...

Madame Noël n'arrête pas de pleurer. Oh elle ne s'épanche pas devant moi, mais je le vois bien, quand elle va nourrir ses poules, que ses yeux sont rougis.

Comme ça grondait de plus en plus au sujet du grand hôtel dans le village, il y a eu une réunion exceptionnelle à la mairie hier soir. Moi je suis restée à la maison avec les p'tits chats mais à voir la tête de mes parents ce matin, ça s'est mal passé. Ma mère a à peine touché son café qu'elle est déjà au téléphone avec un ami à elle, Pierre, qui est avocat. Mon père, lui, n'arrête pas d'envoyer des messages, de prendre des notes et de marmonner. Aujourd'hui c'est férié et toute la journée, des voisins défilent à la maison. Au bout d'un moment ils sont tellement nombreux qu'ils ne tiennent plus dans la cuisine. Ils s'installent dans le jardin et je suis réquisitionnée pour leur apporter des sirops et des biscuits aux noisettes. Je dois faire plein d'allers-retours, je n'arrive pas à suivre les conversations et j'ai peur que quelqu'un marche sur mes capucines. On dirait que notre maison est devenue la place du village et je ne suis pas du tout sûre d'aimer ça.

CONCILIABULES

La semaine suivante, pendant que les adultes lancent une pétition sur Internet, avec ma copine Sandy, Marco, Camille et Nils, on se met d'accord pour se réunir dans la cabane. Oui je sais c'est mon secret et je ne voulais y emmener personne mais ça c'était avant. Là la situation est grave, il y a péril en la demeure et c'est le seul endroit où on est sûrs d'être tranquilles. Alors le samedi on prétend qu'on va se baigner à la rivière avec Marco et Camille qui sont plus grands, ils ont quinze et douze ans. De toute manière les parents sont tellement occupés avec leur recours et la pétition que ça leur va bien de ne pas nous avoir dans les pattes, donc

« exceptionnellement » ils acceptent. J'ai le téléphone portable de ma mère « au cas où » et nous voilà donc l'après-midi tous les cinq à la cabane. Chacun a apporté un coussin et une tasse, j'ai préparé de la mélisse citronnée, on peut commencer à conspirer.

– Moi je le trouve pas si mal cet hôtel, avance Nils timidement.

Depuis qu'on a découvert le chantier, je vois bien que l'idée lui plaît même s'il n'ose pas trop l'avouer.

– Nils, t'es au courant que ça va pas être Disneyland, hein ? T'auras même pas le droit d'y aller.

– Ben même de l'extérieur ce sera classe, dit Nils en haussant les épaules.

– Mais Nils, on n'a pas besoin de ça, t'as vu comme c'est beau ici ? L'hôtel, le golf, le parking, ça va tout gâcher ! dit ma copine Sandy.

Je l'embrasserais tellement je suis contente qu'elle ait dit ça.

– Justement, si c'est tellement beau ici, c'est normal que les gens aient envie de venir, non ? Ou c'est que tu veux garder tout ça rien que pour toi ? Ben ça s'appelle être égoïste, voilà.

Nils croise les bras. Je me demande si la présence de Camille, qui est très jolie, ne le pousse pas à jouer les fiers-à-bras. Je regarde vers elle, en espérant qu'elle va intervenir mais elle et son frère ont le nez dans leurs tasses. Génial, merci les gars...

– Nils, désolée mais non c'est pas classe de débarquer sans prévenir et d'arracher les arbres pour mettre du béton là où vivent les animaux, et c'est eux les égoïstes de raser les vignes de Patrick et de fermer l'auberge de madame Noël ! Ils vont élargir la route pour faire passer plein de voitures et construire un golf alors qu'on manque d'eau tous les étés... Et je te parie que ça va être entièrement climatisé !

J'ai marqué un point on dirait. Nils gigote et commence à douter.

– En plus les gens qui vont venir ce ne sont pas forcément ceux qui en ont besoin, ni même les amoureux des paysages d'ici, mais plutôt ceux qui ont les moyens d'aller là où ils veulent et qui le font, juste parce qu'ils peuvent ! C'est un hôtel de luxe qu'ils veulent ouvrir, Nils. Un hôtel où la nuit vaut ce que ton père gagne en une semaine !

Plus personne ne dit rien, ils sont tous estomaqués.

– Moi en tout cas je vais faire tout ce que je peux pour empêcher ça.

Et en levant ma tasse de mélisse citronnée :

– On doit contre-attaquer... Je vous propose de fonder le gang des chevreuils rusés.

Je laisse passer un silence et jette un regard solennel à la ronde.

– Qui est avec moi ?

DES GRIFFES ET DES BECS

Les adultes sont devenus dingos avec leur pétition. Elle a récolté trois mille signatures et on dirait qu'ils ont gagné la Coupe du monde. Je suis contente bien sûr, mais j'en ai discuté avec Marco qui va au lycée et en connaît un rayon, et lui il dit que des pétitions comme ça il y en a tout le temps et que ça ne change rien alors je préfère me méfier.

Chaque année, au mois de mai, on fait une grande fête dans le village, pour la fin des « saints de glace », où viennent tout un tas de gens importants. Les saints de glace, c'est trois jours où il peut geler comme si c'était encore l'hiver, mais après c'est vraiment le début de l'été et on peut se mettre à semer dans les potagers. Avec les chevreuils rusés, on a décidé que cette année on fêterait ce moment à notre manière. On a un plan. Depuis la réunion dans la cabane on a rallié cinq autres enfants et on s'active tous, Nils le premier, pour être prêts à temps.

Le matin de la fête, je suis tellement impatiente que j'ouvre les yeux avant la sonnerie du réveil. Même le coq de madame Noël est encore silencieux. Il est très tôt, le jour se lève à peine et mes yeux piquent comme si on y avait mis du gravier. J'ai l'impression d'avoir fait un rêve extraordinaire alors, même si je suis pressée, je me concentre pour essayer de m'en souvenir avant qu'il ne s'effiloche.

Dans mon rêve il y avait une horde de chevreuils, de vautours et de sangliers, rassemblés autour du rocher du Dragon. Les vautours faisaient des allers-retours entre le champ et le rocher, comme des avions à plumes, pour amener les lézards, les musaraignes et les crapauds. Ils portaient tous des morceaux de métal, des écrous ou des pneus crevés. Je ne sais plus pourquoi mais il fallait absolument que j'aille dans la cabane. J'avais un peu peur de cette foule de poils, de cornes, de griffes et de becs mais je me glissai quand même parmi eux. Je sentais chacun de leurs museaux me renifler avant de me laisser passer. Derrière une souche recouverte de mousse, au beau milieu d'une troupe d'écureuils, il y avait mes deux p'tits chats, le poil hérissé. Leurs moustaches blanches étaient devenues immenses comme des épées. Lorsque j'arrivai enfin à la cabane, je vis monter de la vallée des troupeaux entiers de chiens de chasse, des bassets avec des clochettes autour du cou qui tintaient comme un orchestre dans la forêt. Et derrière les chiens qui montaient, je vis la chose la plus extraordinaire : tous les arbres qui avaient été coupés étaient en train de glisser légèrement sur le sol jusqu'aux souches pour y reprendre leur place, le plus naturellement du monde.

J'étais toujours irrésistiblement attirée par

la cabane, mais quand je poussai la porte, je me retins de justesse : l'intérieur, mon tapis rose, le rideau à fleurs et la bouilloire, tout avait disparu, j'étais sur le seuil d'une immense falaise, un précipice vertigineux, un truc à couper le souffle. Je ne me souviens plus si je suis tombée avant de me réveiller.

Soudain je suis prise d'une angoisse. Et si c'était un rêve prémonitoire, si on avait été cambriolés dans la nuit ? Je me penche pour regarder sous mon lit mais ça va, tout est là, bien en place.

Cette fois je suis totalement réveillée et je réalise que c'est le grand jour ! À l'idée de l'aventure qui nous attend, j'ai envie de sauter sur mon lit, de danser et chanter à tue-tête…

Mais je dois rester concentrée. Ce matin, encore plus que d'habitude, j'ai l'impression d'être une piratesse et ça c'est vraiment foxy !

Je mets les affaires dans mon grand sac à dos et je me glisse doucement dans l'escalier en faisant attention à l'endroit où je mets les pieds. Il fait encore nuit. Les p'tits chats sont profondément endormis et ne miaulent même pas pour avoir leurs croquettes. Le champ est libre, je me faufile dehors sans faire de bruit.

LE GRAND JOUR

À midi, tout le monde est rassemblé devant la mairie. Il y a même une journaliste avec un appareil photo. Du haut de la colline, près de la cabane où on s'est installés, j'aperçois des messieurs en costume-cravate avec des décorations bleu blanc rouge, ils doivent mourir là-dedans, il fait une chaleur étouffante. À travers les jumelles chipées à la maison, je vois mes parents qui discutent un verre à la main près d'une grande table. Il y a aussi le père de Nils et madame Noël qui s'est assise à l'ombre. C'est joli vu d'ici, il y a plein de couleurs, ils ont même mis des sortes de guirlandes dans le grand tilleul.

– Passe-les-moi, je veux voir !

C'est Nils qui piaille encore.

– Tiens, mais vite et n'oublie pas de mettre ton camouflage !

– T'es folle, on crève de chaud, on le mettra au dernier moment.

– Il n'a pas tort, fait remarquer Marco.

– D'ac, mais on vérifie que tout est bien en place une dernière fois.

– On a déjà vérifié cent fois, gémit Sandy.

Pour ne pas éveiller les soupçons, Camille et les sœurs de Nils sont restées toutes les trois en bas. Elles sont chargées de dire aux parents que oui oui on n'est pas loin, elles nous ont vus, si si on vient de passer par ici et on a filé par là. Avec le monde qu'il y a, ça devrait aller, on ne reste jamais en place dans ces trucs-là et de toute façon les adultes ont d'autres chats à fouetter (cette expression-là aussi elle est vraiment horrible).

– Hé, mais qu'est-ce qu'ils font ?

– Quoi ? Laisse voir !

– Attends, je regarde. Ils ont l'air de s'énerver, un monsieur super sérieux et ton père. Ils font plein de mouvements avec les bras. Oh... Planquez-vous ! Ils regardent par là.

On se jette tous à plat ventre par terre d'un coup. Comme on était collés les uns aux autres autour des jumelles ça fait un tas emmêlé de bras et de jambes. Nils a des épines de pin dans les cheveux qui lui donnent l'air d'un hérisson et Sandy est prise d'un fou rire nerveux qui lui flanque le hoquet. Comme elle essaye d'étouffer le bruit ça fait un drôle de gargouillis et j'éclate de rire moi aussi. Seul Marco a l'air terriblement sérieux. Toujours allongé par terre, il tourne la tête vers nous et nous fusille du regard. Mais il a un peu de mousse accrochée à ses sourcils et ça le rend si drôle malgré son air sévère que je ne peux pas m'empêcher de pouffer un dernier coup.

– Pfff, tu trouves ça drôle ? Tu ferais mieux de me dire ce que fabrique ton père, Foxy ! C'est pas dans le plan !

– Ben t'es bête ou quoi, il sait même pas qu'il y a un plan.

– Chut, j'arrive pas à me concentrer.

Attendez... C'est bon, on peut se relever. Le costume-cravate, il va vers le micro avec le maire.

– Il va faire un discours !

– Ton père le suit, Foxy! Et ta mère, et tes parents Marco, et mon père !

– Vite, il faut qu'on se prépare ! Maintenant !

On file à la cabane enfiler nos tenues. Derrière un arbre, j'enlève la petite robe prévue pour la fête, j'enfile mon jogging vert et je rabats la capuche sur mes oreilles. Par-dessus je mets un serre-tête sur lequel j'ai fixé deux magnifiques bois de chevreuil fabriqués avec de vieilles branches noueuses de noisetier. J'en suis très fière, c'était pas évident à faire et le résultat est vraiment bon, on dirait une vraie biche-cerf ! Sur nos vestes on a cousu des petits boutons-pression auxquels on accroche les fils en nylon invisibles de nos cerfs-volants. On a dessiné des plumes dessus pour qu'ils ressemblent à des oiseaux géants : en fait ce ne sont pas des cerfs-volants, mais des vautours-volants !

J'aide Sandy à fixer son costume et à travers les branches des arbres je jette un œil en bas, dans le village. Je n'arrive pas bien à voir mais ils ont l'air de se disputer autour du micro. Finalement c'est le costume-cravate qui monte sur la petite estrade.

– Vite, on y va !

On remonte dans nos costumes d'animaux en courant et en haletant sur le rocher,

alourdis par le matériel, les vautours-volants et les pétards. On crève de chaud sous nos déguisements et tout va de travers. Mon serre-tête a glissé et Sandy, qui était juste derrière moi, l'a piétiné. Dans la précipitation, Nils se prend les pieds dans une racine et manque de s'affaler. Finalement on arrive enfin au rocher et pendant que Marco essaye d'enflammer des brindilles sèches et des pellets de lavande, on prépare chacun un vautour-volant en coinçant le fil sous une grosse pierre avant de le dérouler. On attend le signal de Marco, qui court d'un enfumoir à l'autre. Il s'agenouille pour souffler doucement sur les braises mais ce coup-ci le feu a pris et il s'est penché trop près, il a avalé de la fumée et se met à tousser.

Quelle barbe, je commence à me demander si on va y arriver mais à cet instant Marco, les yeux rougis comme s'il avait pleuré, se tourne vers nous l'air fier et chuchote fort :

– Ça y est, ça fume, lancez les vautours !

L'ATTAQUE DES VAUTOURS-VOLANTS

Pendant un gros quart d'heure, tout se passe à merveille. On déchaîne les vautours-volants au milieu des pétards et de la fumée sur le rocher du dragon jusqu'à en avoir mal aux poignets. Mais soudain on entend un cri étouffé. Sandy regarde en l'air avec sa main devant sa bouche. En voulant ouvrir un peu son costume pour mieux respirer elle a défait le bouton-pression qui retenait son vautour-volant et celui-ci est en train de tournoyer dangereusement vers un enfumoir. Nils se précipite alors pour l'attraper mais pile à ce moment-là, il croise la trajectoire d'un pétard. Ça fait une petite explosion, Nils sursaute et se retrouve par terre. Marco, Sandy et moi on se rue vers lui. Il est assis, sonné, son visage est noirci autour de ses lunettes, ça lui fait deux ronds blancs autour des yeux, mais ça a l'air d'aller. Par contre, en courant, on a emmêlé tous nos fils, les vautours-volants se sont collés les uns aux autres et ils n'ont plus du tout l'air de planer élégamment, ils ressemblent plus à une grappe de renardeaux serrés dans un terrier. Je suis consternée, Sandy a l'air penaud, Nils est hébété mais cette fois Marco explose de rire.

– Ha ha… ! Non mais… Ha ha, regardez…

Il a du mal à parler tellement il rit.

– Tu parles d'un gang des chevreuils rusés… Ha ha… Panda… Nils, on dirait un panda !

Sandy et moi on regarde Nils et c'est vrai. On dirait exactement un panda. Tu parles de chevreuils rusés, on a tous l'air hagard, les cheveux ébouriffés, avec nos costumes déchirés par les ronces et pleins de suie.

– C'est le club des fous à lier, oui !

Juste au moment où je dis ça, le paquet de vautours volants emmêlés finit par chuter et s'écrase lamentablement sur nous. On part tous les quatre dans un fou rire incontrôlable. J'ai mal aux abdominaux, Sandy en pleure et Nils gémit tellement il rit. J'essaye de retrouver mon sérieux mais dès que je croise le regard de Nils, avec son masque blanc autour des yeux, je recommence à me tordre de rire.

Il nous faut un bon quart d'heure avant de réussir à nous calmer. Dans la cabane, Sandy et moi on retire les épines de nos cheveux et on remet nos robes d'été. Marco enlève un peu de mousse accrochée à ses sourcils et puis on redescend tous au village en passant par la fontaine pour se rincer le visage.

Quand on arrive c'est un véritable brouhaha, tout le monde commente ce qui vient de se passer et on se rend compte, ravis, que notre petite animation a bien gâché la fête. On repère Camille et les filles sur la place et on les rejoint en prenant l'air dégagé. En vrai j'ai envie de me mettre à faire des roues et des saltos tellement je me sens joyeuse du bazar qu'on a réussi à mettre !

Les filles aussi sont surexcitées et se mettent à parler toutes en même temps.

– Attendez, attendez, on n'y comprend rien, une à la fois ! rit Marco.

– Sérieux, vous avez assuré les gars ! dit Laura, les yeux qui pétillent. C'était é-nor-mi-ssime ! Le monsieur au micro, c'était carrément le promoteur du chantier. Quand il a vu la fumée et les vautours on aurait dit qu'il venait de gober un crapaud. Il était vert !

– Et les pétards, ouah, ça a résonné dans toute la vallée !

– J'ai même entendu des gens qui disaient qu'il y avait des cerfs près du rocher !

– Oui et cette fumée blanche, on aurait dit la fin du monde, c'était dément !

Nils se tourne vers les filles.

– Et les vautours-volants, vous les avez bien vus ?

– Oui oui, on ne voyait que ça ! On avait l'impression qu'ils tournoyaient au-dessus du rocher, c'était parfait !

Marco se rengorge de fierté.

– Qu'est-ce qui s'est passé ensuite ? On ne voyait pas bien avec la fumée mais tous les vautours volants ont disparu d'un coup.

Là Sandy me lance un regard et c'est reparti. On rit tous les quatre à gorge déployée. Les filles nous regardent, interloquées.

– On vous racontera… Mais dites d'abord, comment ça a réagi ici ?

– Jamais vu une fête aussi réussie !

s'esclaffe Camille.

– J'te dis, le promoteur, j'ai cru qu'il allait faire une syncope dans son costume !

Laura affiche une mine réjouie.

– Déjà qu'il suait à grosses gouttes avec la chaleur, et là bim ! À peine il commence son petit speech pour nous embrouiller sur le golf durable et l'hôtel de charme, les pétards qui lui couplent le sifflet ! C'était super, extra, vraiment génial !

Laura est tellement enthousiaste qu'elle sautille de joie et serre Marco dans ses bras. Marco rougit, mais je n'ai pas le temps de me moquer de lui.

– Mais où vous étiez passés ?

Ce sont les parents, ils nous ont cherchés

partout mais je vois bien qu'ils ne sont pas vraiment fâchés. Visiblement eux aussi se sont bien amusés et, à la manière dont mon père me regarde avec un sourire en coin, je comprends qu'ils se doutent qu'on n'est pas pour rien dans ce sabotage.

– Dis donc, le promoteur a filé sans demander son reste, tu as vu ça, chaton ? Je me demande bien qui a pu manigancer tout ça...

Papa me lance un clin d'œil et me caresse les cheveux.

– Allez viens, petite rusée, on rentre à la maison. C'est l'heure du goûter et tu dois avoir une faim de loup, ça creuse, les émotions !

TOUT S'EMBALLE

Le lendemain, on est carrément à la une. La journaliste a mis une grande photo des vautours-volants au-dessus du rocher et juste à côté, une photo du promoteur avec la bouche ouverte comme un poisson. À mon avis, cette journaliste elle n'est pas à fond sur l'hôtel non plus. Et elle a reçu notre mail, signé du gang des chevreuils rusés ! L'article raconte l'histoire du rocher qu'on lui a envoyée, avec le dragon qui se réveille quand il n'est pas content et sent la forêt menacée, la fumée qui sort de ses naseaux et les vautours prêts à fondre sur « les piétons imprudents qui oseraient venir piétiner l'espace sacré ».

Elle conclut sur la « ronde macabre des autres rapaces, financiers ceux-là, qui planent sur le petit village ». Papa sourit de toutes ses dents.

En quelques jours, l'histoire se répand sur les réseaux. Camille a filmé la scène avec son téléphone : gros plan sur le rocher avec les vautours et la fumée puis zoom arrière et plan large sur la fête et l'air décomposé des costumes-cravates. On l'a posté sur les réseaux et ça fait un carton. Au début, c'est juste le genre de vidéo qui fait rire les gens, qu'on regarde et oublie aussitôt, mais après quelques jours ça fait boule de neige. La vidéo est relayée par les gens qui ont signé la pétition, des défenseurs de l'environnement, mais aussi des gamers et même une fédération de chasseurs ! Au bout de trois jours, c'est devenu viral, la vidéo est vue et relayée par tellement de gens que ça devient complètement fou : le gang des chevreuils rusés reçoit des demandes d'interview et même un courrier d'historiens qui s'intéressent à la légende du rocher du Dragon. Bref c'est du grand n'importe quoi, on ne s'attendait vraiment pas à ça, mais les parents n'en finissent plus de rire et nous on est ravis, on peut dire qu'on a réussi notre coup !

Ce matin, cerise sur le gâteau : un grand quotidien national vient de sortir une « alerte » sur le promoteur. En voyant le succès de la vidéo sur les réseaux, ils se sont demandé d'où ça venait, ont trouvé la pétition et se sont intéressés de près au chantier. En enquêtant, ils ont déniché un tas d'histoires sordides de pots-de-vin et de corruption, des trucs compliqués auxquels je n'ai pas tout compris mais une chose est sûre : ça ne sent pas bon pour le chantier. D'ailleurs il n'y a qu'à regarder mes parents. Papa a la mine réjouie de quand il va pêcher et un truc de fou, du jamais-vu : maman sifflote au réveil en préparant son café !

– Dis donc, je ne sais pas comment remercier le dragon, mais il nous a rendu une fière chandelle !

Maman me regarde en souriant.

– Je viens d'avoir mon ami avocat, tu sais,

Pierre. Eh bien il dit qu'avec le raffut que ça a fait et les soupçons de corruption, le recours a toutes les chances de l'emporter. En plus il y avait déjà plein d'irrégularités, tu te rends compte, ajoute-t-elle en se tournant vers papa, ils n'avaient même pas indiqué qu'on était dans un parc naturel ! Bref, Pierre est très confiant, selon lui le chantier sera annulé !

LE DOUX MERCI DE LA FORÊT

Cette fois c'est sûr : on est allés vérifier avec Nils et Sandy ce matin, le panneau a été enlevé ! On est redescendus en courant à toute vitesse pour l'annoncer aux autres et on s'est tous donné rendez-vous à la cabane dans l'après-midi.

– Maintenant il ne reste plus qu'à trouver une super manière de fêter l'abandon du projet, les chevreuils rusés ! dit Sandy.

Il fait au moins soixante-dix degrés cet après-midi et on meurt de chaud dans la minuscule cabane mais j'aime bien, on est comme des pirates dans leur grotte au trésor, dehors ça marcherait moins bien. Hier, Laura a fini par me dire, au nom du gang, qu'ils n'en pouvaient plus de boire de la mélisse citronnée alors j'ai amené du tilleul, ça leur fera les pieds. On n'a jamais vu des pirates boire du Coca et puis on est trop jeunes pour le rhum. Pour faire passer la pilule j'ai aussi amené des fleurs de capucines (elles ont enfin fleuri !). Ils font un peu la tête mais on est tellement excités que ça ne dure pas.

– Oui, une fête de tous les diables ! s'amuse Marco, le bras autour de la taille de Laura.

– J'ai une idée, dit Nils.

J'ai les bras en feu et de la terre plein les cheveux, j'adore. Mon masque de sanglier me tient horriblement chaud et me gratte le nez

mais je ne veux pas l'enlever, il est trop beau. À côté de moi, Sandy est déguisée en serpent mais, comme elle étouffait dans son costume, elle n'a gardé que la langue, ça lui fait un petit ruban rose qui pend sur le menton. Nils est plus loin, toujours collé à Camille qu'il dévore des yeux. Elle a un tee-shirt rayé jaune et noir. Nils a dû l'espionner, il s'est déguisé en bourdon. Les adultes sont là eux aussi, mais pas costumés, sauf madame Noël qui est montée en voiture par le chemin forestier avec Patrick parce qu'elle a mal aux jambes. Elle a mis un bonnet rouge de Père Noël quand elle est arrivée et m'a envoyé un clin d'œil en souriant. Mais elle l'a enlevé depuis, il fait beaucoup trop chaud pour porter un bonnet.

C'est Nils qui a eu l'idée de replanter la forêt, je dois reconnaître que cette fois il a assuré. Patrick a monté dans son coffre des houes et des pelles et de gros sacs de terreau. Nous, on a grimpé la colline à pied jusqu'au rocher, on a contourné la cabane et, arrivés à la route qui redescend vers la vallée, on a commencé à creuser au milieu des traces laissées par le chantier.

Mon trou est enfin prêt. Je vais à la cabane où on a entreposé les jeunes arbres. Il y a des pommiers et des chênes, des cerisiers et des noisetiers. Enfin c'est ce qui est marqué sur les petits bouts de papier accrochés et on est bien obligés de les croire parce que pour l'instant ça ressemble surtout à des branches. Il paraît que c'est mieux de les planter bébés, comme ça ils s'habituent à leur environnement et ça donne des arbres plus vigoureux. Moi j'ai choisi un hêtre parce que c'est un arbre qui nourrit les écureuils, les sangliers et les oiseaux. Je m'en veux un peu, parce qu'avec tout le bazar qu'on a fait avec les pétards, on a dû leur faire très peur. J'aimerais bien qu'ils reviennent encore plus nombreux.

Alors que je redescends vers les autres, j'entends un craquement derrière la cabane. Je m'approche tout doucement. C'est une maman chevreuil et son faon. Ils mangent des fleurs sauvages. Je m'accroupis, mais une brindille casse sous mes pieds. Alors la maman chevreuil relève la tête gracieusement, me regarde dans les yeux et incline doucement le museau vers moi comme pour me dire merci, avant de disparaître d'un bond dans le bois avec son petit.

FIN

MIXTE
Papier issu de
sources responsables
FSC® C007507

Responsable éditoriale : Angèle Cambournac
Conception graphique : Clémence Courot
Fabricant : Stéphane Sidzina

57, rue Gaston-Tessier, 75019 Paris
ISBN : 979-10-235-1612-8
Dépôt légal : septembre 2021 – Tirage n° 1
Loi 49-956 du 16 juillet 1949
sur les publications destinées à la jeunesse

Photogravure : Studio4C
Achevé d'imprimer en juillet 2021
par Graphycems (Espagne)

www.seuiljeunesse.com

Dans la même collection :